EDUARD MÖRIKE

Der alte Turmhahn

mit Stift und Pinsel begleitet von
Thomas Ferdinand Naegele

Betulius Verlag Stuttgart
1999

Einband und Gestaltung: Thomas F. Naegele, New York.
Satz und Reproduktionen: Erdrich+Maier GmbH, Stuttgart.
Druck und Bindung: Merkur-Druck Mayer, Ostfildern-Kemnat.

ISBN 3-89511-062-0

Meinen Enkeln zum Andenken
an
Alfred und Elfriede Mörike

Der alte Turmhahn

Idylle

Zu Cleversulzbach im Unterland
Hundertunddreizehn Jahr ich stand,
Auf dem Kirchenturm ein guter Hahn,
Als ein Zierat und Wetterfahn.
In Sturm und Wind und Regennacht
Hab ich allzeit das Dorf bewacht.
Manch falber Blitz hat mich gestreift,
Der Frost mein' roten Kamm bereift,
Auch manchen lieben Sommertag,
Da man gern Schatten haben mag,
Hat mir die Sonne unverwandt
Auf meinen goldigen Leib gebrannt.
So ward ich schwarz für Alter ganz,
Und weg ist aller Glitz und Glanz.
Da haben sie mich denn zuletzt
Veracht't und schmählich abgesetzt.
Meinthalb! so ist der Welt ihr Lauf,
Jetzt tun sie einen andern 'nauf.
Stolzier, prachtier und dreh dich nur!
Dir macht der Wind noch andre Cour.

Ade, o Tal, du Berg und Tal!
Rebhügel, Wälder allzumal!
Herzlieber Turm und Kirchendach,
Kirchhof und Steglein übern Bach!
Du Brunnen, dahin spat und früh
Öchslein springen, Schaf und Küh,

Hans hinterdrein kommt mit dem Stecken
Und Bastes Evlein auf dem Schecken!
– Ihr Störch und Schwalben, grobe Spatzen,
Euch soll ich nimmer hören schwatzen!
Lieb deucht mir jedes Drecklein itzt,
Damit ihr ehrlich mich beschmitzt.
Ade, Hochwürden, Ihr, Herr Pfarr,
Schulmeister auch, du armer Narr!
Aus ist, was mich gefreut so lang,
Geläut und Orgel, Sang und Klang.

Von meiner Höh so sang ich dort
Und hätt noch lang gesungen fort,
Da kam so ein krummer Teufelshöcker,
Ich schätz, es war der Schieferdecker,
Packt mich, kriegt nach manch hartem Stoß
Mich richtig von der Stange los.
Mein alt preßhafter Leib schier brach,
Da er mit mir fuhr ab dem Dach
Und bei den Glocken schnurrt hinein;
Die glotzten sehr verwundert drein,
Regt' ihnen doch weiter nicht den Mut,
Dachten eben, wir hangen gut.

Jetzt tät man mich mit altem Eisen
Dem Meister Hufschmied überweisen,
Der zahlt zween Batzen und meint Wunder,
Wieviel es wär für solchen Plunder.
Und also ich selben Mittag
Betrübt vor seiner Hütte lag.
Ein Bäumlein – es war Maienzeit –
Schneeweiße Blüten auf mich streut,
Hühner gackeln um mich her,
Unachtend, was das für ein Vetter wär.

Da geht mein Pfarrherr nun vorbei,
Grüßt den Meister und lächelt: »Ei,
Wärs so weit mit uns, armer Hahn?
Andrees, was fangt Ihr mit ihm an?
Ihr könnt ihn weder sieden noch braten,
Mir aber müßt es schlimm geraten,
Einen alten Kirchendiener gut
Nicht zu nehmen in Schutz und Hut.
Kommt! tragt ihn mir gleich vor ins Haus,
Trinket ein kühl Glas Wein mit aus.«

Der rußig Lümmel, schnell bedacht,
Nimmt mich vom Boden auf und lacht.
Es fehlt' nicht viel, so tat ich frei
Gen Himmel einen Freudenschrei.
Im Pfarrhaus ob dem fremden Gast
War groß und klein erschrocken fast;
Bald aber in jedem Angesicht
Ging auf ein rechtes Freudenlicht.
Frau, Magd und Knecht, Mägdlein und Buben
Den großen Göckel in der Stuben
Mit siebenfacher Stimmen Schall
Begrüßen, begucken, betasten all.
Der Gottesmann drauf mildiglich
Mit eignen Händen trägt er mich
Nach seinem Zimmer, Stiegen auf,
Nachpolteret der ganze Hauf.

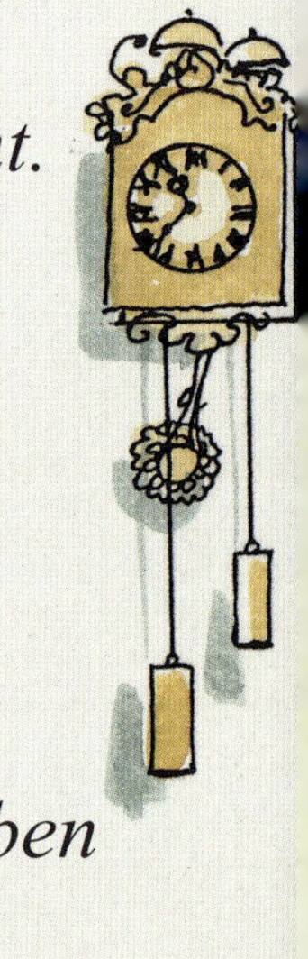

Hier wohnt der Frieden auf der Schwell!
In den geweißten Wänden hell
Sogleich empfing mich sondre Luft,
Bücher- und Gelahrtenduft,
Gerani- und Resedaschmack,
Auch ein Rüchlein Rauchtabak.
(Dies war mir all noch unbekannt.)
Ein alter Ofen aber stand
In der Ecke linkerhand.
Recht als ein Turm tät er sich strecken
Mit seinem Gipfel bis zur Decken,
Mit Säulwerk, Blumwerk, kraus und spitz –
O anmutsvoller Ruhesitz!
Zuöberst auf dem kleinen Kranz
Der Schmied mich auf ein Stänglein pflanzt'.

Betrachtet' mir das Werk genau!
Mir deucht's ein ganzer Münsterbau;
Mit Schildereien wohl geziert,
Mit Reimen christlich ausstaffiert.
Davon vernahm ich manches Wort,
Dieweil der Ofen ein guter Hort
Für Kind und Kegel und alte Leut,
Zu plaudern, wann es wind't und schneit.

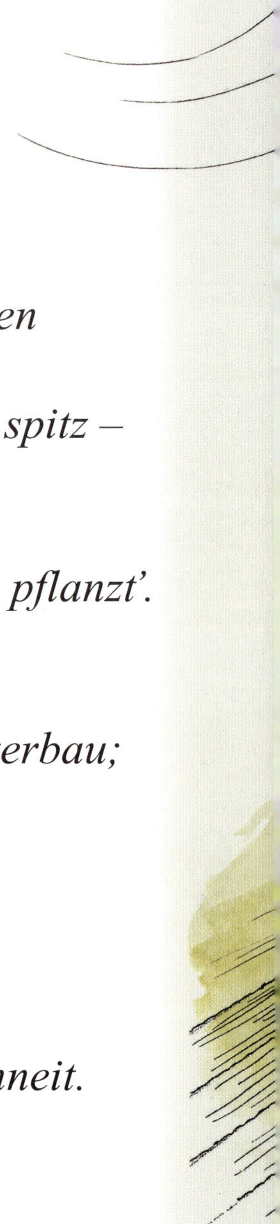

Hier seht ihr seitwärts auf der Platten
Eines Bischofs Krieg mit Mäus und Ratten,
Mitten im Rheinstrom sein Kastell.
Das Ziefer kommt geschwommen schnell,
Die Knecht nichts richten mit Waffen und Wehr,
Der Schwänze werden immer mehr.
Viel tausend gleich in dicken Haufen
Frech an der Mauer auf sie laufen,
Fallen dem Pfaffen in sein Gemach;
Sterben muß er mit Weh und Ach,
Von den Tieren aufgefressen,
Denn er mit Meineid sich vermessen.
– Sodann König Belsazers seinen Schmaus,
Weiber und Spielleut, Saus und Braus;
Zu großem Schrecken an der Wand
Rätsel schreibt eines Geistes Hand.

– Zuletzt da vorne stellt sich für
Sara lauschend an der Tür,
Als der Herr mit Abraham
Vor seiner Hütte zu reden kam
Und ihme einen Sohn versprach.
Sara sich Lachens nicht entbrach,
Weil beide schon sehr hoch betaget.
Der Herr vernimmt es wohl und fraget:

»Wie, lachet Sara? glaubt sie nicht,
Was der Herr will, leicht geschicht?«
Das Weib hinwieder Flausen machet,
Spricht: »Ich habe nicht gelachet.«
Das war nun wohl gelogen fast,
Der Herr es doch passieren laßt,
Weil sie nicht leugt aus arger List,
Auch eine Patriarchin ist.

Seit daß ich hier bin, dünket mir
Die Winterszeit die schönste schier.
Wie sanft ist aller Tage Fluß
Bis zum geliebten Wochenschluß!
– Freitag zu Nacht, noch um die Neune,
Bei seiner Lampen Trost alleine,
Mein Herr fangt an sein Predigtlein
Studieren; anderst mags nicht sein;
Eine Weil am Ofen brütend steht,
Unruhig hin und dannen geht:
Sein Text ihm schon die Adern reget;
Drauf er sein Werk zu Faden schläget.
Inmittelst einmal auch etwan
Hat er ein Fenster aufgetan –
Ah, Sternenlüfteschwall wie rein
Mit Haufen dringet zu mir ein!
Den Verrenberg ich schimmern seh,
Den Schäferbühel dick mit Schnee!

Zu schreiben endlich er sich setzet,
Ein Blättlein nimmt, die Feder netzet,
Zeichnet sein Alpha und sein O
Über dem Exordio.
Und ich von meinem Postament
Kein Aug ab meinem Herrlein wend;
Seh, wie er, mit Blicken steif ins Licht,
Sinnt, prüfet jedes Worts Gewicht,
Einmal sacht eine Prise greifet,
Vom Docht den roten Butzen streifet;
Auch dann und wann zieht er vor sich
Ein Sprüchlein an vernehmentlich,
So ich mit vorgerecktem Kopf
Begierlich bringe gleich zu Kropf.
Gemachsam kämen wir also
Bis Anfang Applicatio.

Indes der Wächter Elfe schreit.
Mein Herr denkt: es ist Schlafenszeit;
Ruckt seinen Stuhl und nimmt das Licht;
»Gut Nacht, Herr Pfarr!« – Er hört es nicht.

Im Finstern wär ich denn allein.
Das ist mir eben keine Pein.
Ich hör in der Registratur
Erst eine Weil die Totenuhr,
Lache den Marder heimlich aus,
Der scharrt sich müd am Hühnerhaus;
Windweben um das Dächlein stieben;
Ich höre, wie im Wald da drüben –
Man heißet es im Vogeltrost –
Der grimmig Winter sich erbost,
Ein Eichlein spalt't jähling mit Knallen,
Eine Buche, daß die Täler schallen.

– Du meine Güt, da lobt man sich
So frommen Ofen dankbarlich!
Er wärmelt halt die Nacht so hin,
Es ist ein wahrer Segen drin.

Jetzt, denk ich, sind wohl hie und dort
Spitzbuben aus auf Raub und Mord;
Denk, was eine schöne Sach es ist,
Brave Schloß und Riegel zu jeder Frist!
Was ich wollt machen herentgegen,
Wenn ich eine Leiter hört' anlegen;
Und sonst was so Gedanken sind;
Ein warmes Schweißlein mir entrinnt.

Um zwei, gottlob, und um die drei
Glänzet empor ein Hahnenschrei,
Um fünfe, mit der Morgenglocken,
Mein Herz sich hebet unerschrocken,
Ja voller Freuden auf es springt,
Als der Wächter endlich singt:
»Wohlauf, im Namen Jesu Christ!
Der helle Tag erschienen ist!«

Ein Stündlein drauf, wenn mir die Sporen
Bereits ein wenig steifgefroren,
Rasselt die Lis im Ofen, brummt,
Bis 's Feuer angeht, saust und summt.
Dann von der Küch 'rauf, gar nicht übel,
Die Supp ich wittre, Schmalz und Zwiebel.

Endlich, gewaschen und geklärt,
Mein Herr sich frisch zur Arbeit kehrt.

Am Samstag muß ein Pfarrer fein
Daheim in seiner Klause sein,
Nicht visiteln, herumkutschieren,
Seine Faß einbrennen, sonst hantieren.
Meiner hat selten solch Gelust.

Einmal – ihr sagts nicht weiter just –
Zimmert' er den ganzen Nachmittag
Dem Fritz an einem Meisenschlag,
Dort an dem Tisch, und schwatzt' und schmaucht',
Mich alten Tropf kurzweilt' es auch.

Jetzt ist der liebe Sonntag da.
Es läut't zur Kirchen fern und nah.
Man orgelt schon; mir wird dabei,
Als säß ich in der Sakristei.
Es ist kein Mensch im ganzen Haus;
Ein Mücklein hör ich, eine Maus.

Die Sonne sich ins Fenster schleicht,
Zwischen die Kaktusstöck hinstreicht
Zum kleinen Pult von Nußbaumholz,
Eines alten Schreinermeisters Stolz;
Beschaut sich, was da liegt umher,
Konkordanz und Kinderlehr,

Oblatenschachtel, Amtssigill,
Im Dintenfaß sich spiegeln will,
Zuteuerst Sand und Grus besicht,
Sich an dem Federmesser sticht
Und gleitet übern Armstuhl frank
Hinüber an den Bücherschrank.
Da stehn in Pergament und Leder
Vornan die frommen Schwabenväter:
Andreä, Bengel, Rieger zween,
Samt Oetinger sind da zu sehn.
Wie sie die goldnen Namen liest,
Noch goldener ihr Mund sie küßt,
Wie sie rührt an Hillers Harfenspiel –
Horch! klingt es nicht? so fehlt nicht viel.

Inmittelst läuft ein Spinnlein zart
An mir hinauf nach seiner Art
Und hängt sein Netz, ohn erst zu fragen,
Mir zwischen Schnabel auf und Kragen.
Ich rühr mich nicht aus meiner Ruh,
Schau ihm eine ganze Weile zu.
Darüber ist es wohl geglückt,
Daß ich ein wenig eingenickt. –
Nun sagt, ob es in Dorf und Stadt
Ein alter Kirchhahn besser hat?

Ein Wunsch im stillen dann und wann
Kommt einen freilich wohl noch an.
Im Sommer stünd ich gern da draus
Bisweilen auf dem Taubenhaus,
Wo dicht dabei der Garten blüht,
Man auch ein Stück vom Flecken sieht.

Dann in der schönen Winterzeit,
Als zum Exempel eben heut:
Ich sag es grad – da haben wir
Gar einen wackern Schlitten hier,
Grün, gelb und schwarz; – er ward verwichen
Erst wieder sauber angestrichen:

Vorn auf dem Bogen brüstet sich
Ein fremder Vogel hoffärtig –
Wenn man mich etwas putzen wollt,
Nicht, daß es drum viel kosten sollt,
Ich stünd so gut dort als wie der
Und machet niemand nicht Unehr!

Narr! denk ich wieder, du hast dein Teil!
Willst du noch jetzo werden geil?
Mich wundert, ob dir nicht gefiel',
Daß man, der Welt zum Spott und Ziel,
Deinen warmen Ofen gar zuletzt
Mitsamt dir auf die Läufe setzt',

Daß auf dem Gsims da um dich säß
Mann, Weib und Kind, der ganze Käs!
Du alter Scherb, schämst du dich nicht,
Auf Eitelkeit zu sein erpicht?
Geh in dich, nimm dein Ende wahr!
Wirst nicht noch einmal hundert Jahr.

Pastoralerfahrung

Meine guten Bauern freuen mich sehr;
Eine »scharfe Predigt« ist ihr Begehr.
Und wenn man mir es nicht verdenkt,
Sag ich, wie das zusammenhängt.
Sonnabend, wohl nach elfe spat,
Im Garten stehlen sie mir den Salat;
In der Morgenkirch mit guter Ruh
Erwarten sie den Essig dazu;
Der Predigt Schluß fein linde sei:
Sie wollen gern auch Öl dabei.

Nachwort

Bekanntlich bedarf eine so vollendete Lyrik wie gerade diese »Idylle« aus dem Jahr 1840 weder der bildlichen Unterstützung noch musikalischer Vertonung, oder gar der Dramatisierung – was ja alles schon mehrfach geschehen ist.

Wenn ich es nun trotzdem wage, Eduard Mörikes beliebten Strophen eine Reihe Zeichnungen beizufügen, so möge mir dies als ein persönliches Bekenntnis zu seiner Art abgenommen werden. Nicht bloß wegen jener weitläufig-schwäbischen Familienvernetzung, samt ihrem protestantischen Gemisch aus schöpferischer Sinnlichkeit und schlechtem Gewissen, sondern vor allem der liebenswürdigen Weisheit wegen, die der Dichter-Pfarrer seinem ausgedienten Kirchhahn in den Schnabel legt: Den guten Rat, das Geschenk eines erfüllten Lebens dankbar und in Stille solange wie möglich zu genießen.

Thomas Ferdinand Naegele
Connecticut, im Juni 1999

Eduard Mörike

1804–1875

1804	geboren am 8. September in Ludwigsburg
1811–1817	Besuch der Lateinschule in Ludwigsburg zusammen mit Friedrich Theodor Vischer und David Friedrich Strauß
1817	Tod des Vaters. Übersiedlung mit der Mutter nach Stuttgart; Gymnasium illustre
1818–1822	Seminar in Urach. Freundschaft mit Wilhelm Hartlaub und Johannes Mährlen
1822–1826	Theologiestudent im Tübinger Stift. Freundschaft mit Wilhelm Waiblinger und Ludwig Amandus Bauer
1828	Festbezahlter Mitarbeiter an der »Damenzeitung« im Verlag Brüder Franckh in Stuttgart. Erste Arbeit am »Maler Nolten«
1829–1833	Pfarrverweser in Pflummern, Plattenhardt, Owen, Eltingen, Ochsenwang
1833	»Maler Nolten«

1834–1843	Pfarrer in Cleversulzbach, wo Mörike mit Mutter und Schwester Klärchen zusammenlebt. Freundschaft mit Justinus Kerner und Hermann Kurz
1838	erste Ausgabe der »Gedichte« bei J.G. Cotta, Stuttgart/Tübingen
1840	»Klassische Blumenlese«, »Der alte Turmhahn« (letzte Fassung 1852)
1843	Ausscheiden aus dem Pfarramt auf eigenen Wunsch
1844–1851	in Bad Mergentheim
1846	»Idylle vom Bodensee«
1848	zweite, vermehrte Auflage der »Gedichte«
1851	Professor für Literatur am Königin-Katharina-Stift in Stuttgart
1852	»Das Stuttgarter Hutzelmännlein«. Ernennung zum Ehrendoktor der philosophischen Fakultät der Universität Tübingen
1855	»Mozart auf der Reise nach Prag«
1856	dritte, vermehrte Auflage der »Gedichte«
1866	Pensionierung vom Lehramt
1867	»Gedichte«, Ausgabe letzter Hand
1875	gestorben am 4. Juni in Stuttgart

Thomas F. Naegele

1924 Stuttgart

1931	Falkert Versuchsschule
1935	Dillmann Realgymnasium
1938	Brighton College, England
1941	High School of Industrial Art, N.Y.
1943	Graphiker bei Vogue und House & Garden Einberufung zur U.S. Army
1944	Einbürgerung, Versetzung zur U.S. Militärpolizei als Dolmetscher für kriegsgefangene deutsche Unteroffiziere, Zeit und Raum zum Malen
1946	Moderator, Sonderprojekt für Kriegsgefangene, Fort Eustis, Virginia
1946–53	TV-Graphiker in New York (CBS)
1947–96	Veröffentlichung von über 150 Weihnachtsmotiven durch den Verlag American Artists Group
1953	Heirat mit der Malerin Rosemary Hurst, vier Kinder

1953–66	Art Director für Television bei J. Walter Thompson Company New York und London
1964–66	Entwurf von sechs innovativen US-Briefmarken
1966–91	Hauptlehrer für Gebrauchsgraphik, Pratt Institute und High School of Art & Design
1982–84	Mitarbeit an der Reinhold Naegele-Monographie
1990	Anerkennung als »Kunsterzieher des Jahres der Stadt New York«
1991	Pensionierung vom Lehramt
1993–94	Ausstellungen in Bridgewater, CT., Böblingen, Murrhardt, Stuttgart, Gerlingen, Bad Nauheim, Tübingen, Freudental, Heilbronn, Weinstadt und University of Nebraska, Kearney, Neb.
1995	Schloßplatz-Zyklus für die Schwäbische Bank AG, Stuttgart
Seit 1960	Zahlreiche Einzel- und Gruppenausstellungen, Plakatentwürfe, Schriften und Reden beiderseits des Atlantiks